チキとてっぺいのぼうけん

Okamoto Yuko
岡本優子

みなさん、こんにちは。初めまして。岡本優子です。この本は、私が四年生のときから書き始めた、二つの物語を収めています。

一つは生意気だけど本当は優しい猫のチキと、ちょっと気弱で、でも友だち思いのてっぺいがくり広げる冒険物語です。

もう一つは空想の世界と現実の世界を行き来して、楽しんでいる私の心の中を物語にしたものです。

私は空想が大好きです。二つとも書いていくうちに、想像が広がって、知らないうちに自分が思ってもみなかった物語ができあがりました。

では、みなさん、準備はＯＫですか。今から一緒に空想の世界に入って行きましょう。

目次

Contents

チキとてっぺいのぼうけん……5
トリプル・ワールド……47

イラストレーション

チキとてっぺいのぼうけん：かわぞえうどう

トリプル・ワールド：紫梅乃

チキとてっぺいのぼうけん

ある朝、てっぺいの家から、ニャーという子ねこの声がひびきわたりました。チキが生まれたのです。チキは、五ひきのうち、一番末っ子です。小さな黒い手をなめながら、ニャーニャーと鳴いています。てっぺいは、一ぴき一ぴきだいていきました。

最後の一ぴきになると、てっぺいはあれ？と思いました。とくに変わったところがあるわけではありません。でも、そのブルーのひとみにはとてもふしぎなパワーがあるような気がしました。そう、それがチキだったのです。のちに、そのパワーが現実のものになることを、その時は、だれも知りませんでした。

チキたちはすくすく育ち、もちろん、てっぺいも育ちました。今ではチキも二才になり、てっぺいは六才になりました。

六才と言えば、そうです、今日は入学式の日です。入学式では、アーチの中を六年生と手をつなぎ歩きます。てっぺいはそれが楽しみでしかたがありません。今日は急いで学校へ向かいました。

ニャー
ニャー
ニャー
ニャー

学校に着いてみて、てっぺいはびっくりしました。チキがついてきていたのです。その後、何回もつれもどそうとしましたが、聞かず、さすがにてっぺいもあきらめ、チキに言いました。

「しょうがないなぁ。ここで待っててね!」

すると、わかったかのように、ニャーと鳴いたのでした。

学校が終わり、校門を出ると、朝と同じようにチキが待っていました。

てっぺいはしゃがんでチキの頭をなでながら、学校であったことをチキに話しはじめました。

「今日ね、一年生のクラスに入ってみたら、たくさん人がいたよ。それにね、まだ一日目なのに、友だちもできちゃった。」

そこまで話すと、てっぺいは立ち上がり、はぁ~とため息をつきました。

「チキに話したってわからないよね。だってねこなんだもん。」

すると、とつぜん、

「何が『わからない』だよ。」

という声が聞こえました。てっぺいはびっくりして、きょろきょろとあたりを見回しました。

「ここだよ！　ここ！」

声のした方をたどっていくと、足もとでチキがちょこんと、すわっていました。てっぺいは、びっくりしすぎて声が出ません。

「あぁ……な…んで……。」

「何言ってんだよ。ねこがしゃべる事が、そんなにおかしいか？」

「い、いや、ちょっと、びっくりしちゃって…。」

「だから…そうやってびっくりするほど、ねこがしゃべる事はおかしいのか？」

「そんなに問いつめるなよ。でも、何でしゃべれるの？」

「それよりおれの父親の事は知ってるか？」

「あっ。そういえば会った事ないな。」

「そうだろ。だって、おれの父さんは、妖怪なんだ。「魔界」という所にいるんだ。実は、おれも父さんに会った事がないんだ。父さんは、好きで魔界にいるわけじゃないんだ。本当は、おれの母さんが妖怪におそわれそうになった時、母さんをかばって、かわりにつれてかれたんだ。ちょうどよかった。父さんをつれもどしてくれ。たのむ！」

「そんな事、ぼくにできるわけがないじゃないか。もし行ったら、すぐ、かみ殺されちゃうよ。」

「そこらへんは、おれが『カバー』するからさ。たのむよ！　これは、お前にしかできないんだよ。おれもいっしょに行くからさ。」

「しかたないなぁ。こわがりさん。どうしてもなら行ってあげるよ。」

てっぺいは気どって言いました。

「どうせ、一人だったら行けないくせに。」

チキは、少しおこったのか、しかめっつらで言いました。

てっぺいは、まだ気どっているのか、上から目線で言いました。

「明日にでも行くかい？　まぁ、チキはこわがりだから、まだ無理か。」

「いいよ！　べつに…。明日でも。」

「じゃあ明日ね！　き・ま・り！」

てっぺいは急いで帰ろうとしました。すると、

「ちょっと待てよ!」

と、チキによび止められました。

「何だよ。」

「お母さんには話しとけよ。」

てっぺいは、はっとしました。あの、こわいこわいお母さんが素直にOKをするわけがありません。でも、すぐに分かりました。どうすればいいのかが…。

「じゃあ、チキが話せばいいじゃん。」

すると、すぐに言いかえされました。

「バカかお前は! おれは、ねこだぞ! 分かった! おれがお母さんに話したら、お母さん、きぜつしちゃうぞ……。こうなったら、ぬけ出すしかないな。明日の朝の五時くらいがいいな。時間的に……。」

「え? 朝の五時? ちょっと早すぎじゃないの?」

「しかたねえよ。朝早くないと、ぬけ出す時間ねえんだから!」

「そんなに言うなら…、わかったよ! もういい! 朝の五時でいいよ！」

「ＯＫ！　じゃあ、明日の朝五時、ここでしゅうごうだぜ！」

「食料は、用意しておいた方がいいかな？」

「あったりめえだろ！　あっ、おれのいわしも用意しとけよな。」

「まったく〜。くいしんぼうなんだから。」

てっぺいは、心の中で小さな舌打ちをしたのでした。

次の日、てっぺいは四時に起きました。今も、持ち物の、チェックをしています。

「えっと、食料、水とう、服、ＯＫかな？　ノートとえんぴつも入れとこう。あっ、チキのいわし、わすれてた！」

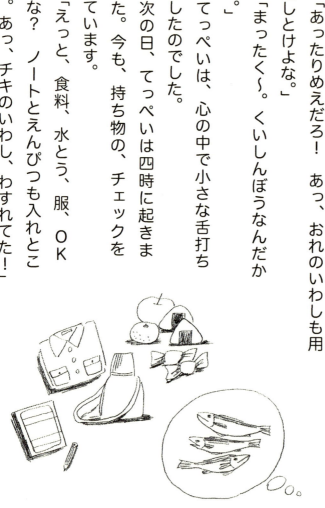

てっぺいは、いそいで準備をして、そっとげんかんのドアを開けました。げんかんを出ると、てっぺいは、真っ先にチキのいる小屋へ行きました。すると、小屋の中から、

「グーグーグー。」

という、とても大きないびきが聞こえました、

「なーんだ。まだねてるじゃん。自分が五時って言ったくせに！　もう帰っちゃおうかな？　せっかくいわしも用意しておいたのに！」

そのとたん、チキが、

「いわし!!!」

と言ってとび上がりました。てっぺいは、チキの言葉にとてもあきれて、言いました。

「お前、ねおきも、『いわし』かよ！　どんだけいわしが好きなんだよ…。」

「まぁ…いいから、行くぞ！」

「ったく……自分の事になると、いつも、そうやって話をそらすん

だから！」

「だから…早く行くぞ！」

そこで、てっぺいは、はっとしました。

「魔界に行くんだよね？」

「あったりめえだろ！」

「どうやって行くの？」

「かんたんだろ。」

と言うチキが見つめた方を見ると、まるで、庭にいんせきが落ちたような、とても大きい穴が開いていました。てっぺいが、目を丸くしていると、

「早く入れよ。」

と言うチキの声がしました。

「……うん……。」

てっぺいはおどおどしながら、穴の中へ入って行きました。その後から、チキも入ります。

二人が入ると、チキが言いました。

「準備はいいか？」

てっぺいは、ドラマの主人公のように、

「いいぜ。早くしろよ！」

と言ったしゅんかん、その場所からチキとてっぺいが消えました。穴も全部なくなっています。そう、これがチキとてっぺいの、魔界でのぼうけんのはじまりでした。


消えたしゅんかんから、チキとてっぺいは、たいへんです。しゃべる言葉といえば、「あ〜〜〜。」しかありません。それもそのはず、今、てっぺいとチキは、上からまっさかさまに回りながら落下しているのです。ぐるぐる回り、やっと地面のような所にたどりつくと、急に真っ暗やみになりました。

きょろきょろとてっぺいがしていると、チキが、

「どうやら、ここは、トンネルのようだな。」

と言いました。

「でも、トンネルにしては、所々すき間が開いているよ。ね？　そうでしょ？」

けれども、チキの答えはありません。

「どうしたの？」

てっぺいが聞くと、チキは上の方を指差しました。その方をたどっていくと、だいじゃの頭がありました。

「ぎゃ〜〜〜。」

二人は大声を上げて、こけそうになりながら走り、その後を、何びきものだいじゃが追いかけてきます。チキとてっぺいは、必死でにげますが、もう追いつかれそうです。すると、

「このままだと、追いつかれちまうぜ。」

とチキが言いました。

「でも、どうしようもないじゃないか……。」

「でも、このまま死ぬわけにはいかないだろ。」

そう言った時、てっぺいのリュックサックから、いわし、そう、チキ

のえさが落ちました。二人は同時に、

「あっ！　大事ないわしが！」

とさけびました。

そのとたん、さっきまですぐそこまでせまってきていただいじゃが、急に後ずさりしはじめました。

「きっと、きらいなんだな。」

「だったら、こうしてやる！」

チキは、だいじゃにいわしを投げつけるふりをしました。すると、だいじゃは急いでにげて行ってしまいました。ほっとした二人は顔を見あわせました。でもすぐに、はっ！としました。たとえ助かったとしても、これからどこへ進めばいいのか分かりません。

二人がおろおろしていると、急に、カタッカタッと足おとのような音がしてきました。その音は、だんだん大きくなり、どうやら、こちらへ近づいてくるようです。二人があわててふり返ると、すぐそこに、ガイコツがいました。

二人は、もう迷うこともなく、にげていきました。てっぺいが言いました。

「あいつら、足が速いなぁ。」

「そんな事、言ってる場合じゃねーだろ！」

二人が必死でにげていると、前にとびらが見えてきました。チキが言いました。

「あそこにとびこもう。」

「でも、何かいたらどうする？　出られなくなっちゃったら、ぼくたち死んじゃうよ…。」

「いいから早く！　ガイコツのえさになりたいのか？」

てっぺいは、首を大きく横にふり、とびらの中に、にげこみました。二人は、とびらの中に入って、まず最初に、自分が生きているか、かくにんをしました。だって、そこは真っ暗で、何も見えず、夜、外にいるように、寒くて、まるで絵本などにある、じごくのようだったからです。

すぐにてっぺいが、

「チキ、いる？」

と聞きました。

「いるにきまってるだろ。こわがり。」

「だって、暗くて何も見えないんだもん。」

「だから、そ、そこがこわがりって言ってんだろ。」

「チキ、声がふるえてるよ。やっぱりぼくよりチキの方が、こわがりなんじゃない？」

「あ!!!」

「何だよ、『あ!!!』なんて言って。何かあったの？」

「ド、ドアがあかねーよ！」

「え！」

「ノブの回し方がはんたいなんじゃないの？」

「ちゃんと回してるぜ！」

などと、言い合っているうちに、二人は、これからのことを考え始めていました。てっぺいは、

（もうだめだ…。さっき、ガイコツに食われてた方がましだったかも……。）

と思っていました。

いっぽう、チキは、

（父さん、ごめんな…。おれ、もうだめかもしんない…。こんな所にとじこめられて…。もう、助けるなんてこと、できるわけねーよな）

などと思いながら、てっぺいと背中を合わせ、座っていました。

チキが言いました。

「てっぺい、ごめんな。こんな事にまきこんじまって…。」

「今言っても、もうおそいよ…。」

「おこってるか？」

「え？　おこってるかって？　もう、おこるばりきもないよ…。」

「そうだよな…。」

「何そんな弱虫が言うような事言ってんだよ。いつもなら、とっくにけんかになってるのに…。」

「お前だってそうじゃねーか。今にも泣き出しそうな声しやがって。ったく、泣いたってしかたねーだろ…。助けてくれるやつなんていねーんだからよ。」

「チキのお父さんは、どこにいるの？」

「いきなりそんなの聞くなよ。知らねーに決まってんだろ。それにさぁー、もし知ってたとしてもよ、出れなかったら行けねーだろ。」

「そっかー。そうだよな。せめて明るかったら、いいんだけどなー。」

「そんな事言う前に、だれがカギなんかかけやがったんだ…。おまけにリュックまでなくしちまったぜ…。」

「あぁ…。おなかすいたな…。ねぇ、チキ、ここに大きなステーキがあったら、どうやって食べる？　ぼくならまるごと食べるな。」

「そんな自分を苦しめるような事、言うな！」

「だって、考えちゃうじゃん…。」

「まぁ、たしかにおなかはすいたぜ…。でもよ、出られないだろ…。」

「そんなに決めつけないでよ。」

「……。」

「あーあ！　つまんねーの！」

「あーあ！　つまらないの！」

二人は同時に言いました。そして二人ともだまりこみました。しばらくしてチキが言いました。

「今、おれが考えてる事、分かるか？」

「分かるわけないじゃん。」

「ここがどんな場所かってこと！　真っ暗じゃ、何も分かんねーだろ！明るくなんねーかな。」

「本当は、ここがどんな場所か知りたいからじゃなくて、真っ暗でこわいから明るくなってほしいんじゃないの？」

「バ、バカ言ってんじゃねー!!　こわいわけねーだろ。」

「うそー。絶対こわいんだー!!」

「だから、『ちがう』つってんだろ！」

などと言っているうちに、きみょうな音が聞こえてきました。いや、声のようにも聞こえます。

「ウゥ……。ウッウゥ……。」

すると、さっきまで真っ暗だったのが、だんだん明るくなってきました。そして、うっすら、そのきみょうな音の持ち主が見えてきました。

かんぜんに明るくなった時、二人がいっせいにさけびました。

「ギャ〜〜〜〜！」

それもそのはず、今、チキとてっぺいの目の前には、キバがものすごく長い、オオカミの怪物が、どかんと大きないすにすわっているのです。いや、キバだけではありません。ツメもキバに負けないくらい長いのです。そのツメを見て、チキがつぶやきました。

「あのツメでひっかかれたら、おれの人生、終わっちまうぜ…。」

てっぺいが言いました。

「ぼくは、キバの方があぶないと思うよ。だって、あのキバ、鉄でもかめそうだよ。」

その時、

「いいかげんにしろ！　いちいち、うるさい！　はやく自己紹介しろ！」

チキとてっぺいは、びっくりしました。こんなにうるさくどなっている者に、自己紹介をするなんて、思ってもみなかったからです。

「も……森岡……てっ…ぺ…いで…す。」

「チッキ……チキ・ミッシェル・ジュニアだよ！」

自己紹介が終わると、何だか分からないけれど、キバとツメの長いやつが言いました。

「おれは、ジャイアントウルフだ。大きなオオカミっていう意味だ。礼儀知らずのガキが、勝手にオレのなわばりをあらしにきやがって。お前、えっとチキとか言ったな。お前のおやじには、ぜったいに会わせないからな！」

そこで二人はまたびっくり！　すぐさまチキが言いました。

「何で、おれたちがさがしていることが分かるんだよ！」

「そんなの、この水晶玉があれば、かんたんに見えてしまうのさ！」

ジャイアントウルフは、得意気に言いました。そして、てっぺいとチキをかわるがわる見ながら、ゴックンとつばをのみこみました。

「どっちから食おうかな？　ヒッヒッヒッ。お前ら、同時に一飲みにしてやろうか？」

ジャイアントウルフはそう言うと、ゆっくりゆっくり、近づいて来ました。チキが、

「あぁ、今度こそ、終わりだ～。」

てっぺいが、

「ぼくたち、天国に行っても、友達でいようね。」

すると、ジャイアントウルフが、

「おもしろい。オイ、こいつら、あれにしとけ。」

ジャイアントウルフが言うと、けらいたちがササッと近より、チキとてっぺいをますいでねむらせてしまいました。

ジャイアントウルフは立ち上がり、その場所を出ていきました。


「う、う～ん。」

チキとてっぺいは目を覚ましました。てっぺいが言いました。

「ここ、どこ？」

二人は鉄ごうしで囲まれた広い部屋に横たわっていました。

「ろう屋じゃね～の？」

「え～！」

「そんなにおどろくなよ！」

「これからどうなっちゃうの？」

二人はろう屋を見回しました。すると、床のまん中に小さい穴を見つけました。

チキとてっぺいはその穴から下をのぞいてみました。なんと、下のろう屋にも、たくさんの人が閉じこめられていました。チキは思いました。

（こんなにたくさんの人を苦しめているな

んて…。ゆるせない！）

チキは、閉じこめられている人々に言いました。

「もうちょっと待ってろ！　おれの父さんといっしょに、助けてやるから！」

すると、てっぺいが、

「えっ…。ぼく、お父さんを助けたら、はやく帰りたいんだけど……。」

「何、おくびょうなこといってんだよ！　そんなことしたら、こいつらみんな死んじまうだろ！……おれは、見捨てたりするのは、ぜったい『いや』だからな！」

そのとき、てっぺいは思いました。（チキって優しいんだな…。）

「よし！　ぼくもやる！」

「えっ。本当か？　てっぺい！」

「うん！　最後まで、チキについていくよ！」

「おう！」

こうして、チキとてっぺいの大きな大きな目標ができたのでした。チキが、見つかったリュックから、残っていたいわしを取り出しました。

「だいじゃはこれでにげるからいいけど、ガイコツはたおさなくちゃいけねーな！」

とチキが言うと、てっぺいが、

「ぼく、たおすつもりでついていく！って言ったんじゃないのに…。」

チキは、そんなのおかまいなしに説明を続けます。

「たぶん、父さんは、あの…ジャイアントウルフ？ていうやつのところにいると思う…。はやくしねーと死んじまうかも…。」

すると、どこからか、ドン！ドン！という音が聞こえてきました。あのジャイアントウルフでした。

「ほう！　オレ様のことを『やつ』というとはたいしたもんだ！　できるもんなら、おまえらのいうガイコツの前にオレ様をたおしてみな！もし勝てたら、お前のおやじはかえしてやるよ！　やらねえっていうなら、おやじはあの世行きだ！　どうする？」

二人がまよってだまっていると、

「はやくしろー！」

と、今にもおそいかかってきそうな勢いで、ジャイアントウルフがどなりつけました。

「やってやろうじゃねーか！」

チキが言いました。すぐさま、てっぺいも、

「いいよ！」

と言いました。

さぁ！　ろう屋の中で決戦が始まりました。

ジャイアントウルフは、自分の毛を一本ぬきました。すると、その毛はニョキニョキとのびて、けんになったかと思うと、てっぺいにおそいかかってきました。てっぺいは何も持っていません。

どうしたらいいか分からなくて、ろう屋中をにげまどっていると、ジャイアントウルフの後ろの方からブルーの光が見えてきました。それは、チキでした。

「ゆるせねー！。人間をあんなにとらえて、いったい何をする気なん

だ！　弱いものばかりあつめて…。みな殺しにする気か！　おれはそういうやつが、一番きらいなんだよ！」

そう言うと、いままでブルーだった光が、赤にかわりました。チキは、その光をジャイアントウルフにむけて、はなちました。すると、その前にガイコツがたちはだかりました。

「ウ〜〜。」

そう言って、光をあびたガイコツは、たおれて粉々になってしまいました。チキは、さっとジャイアントウルフの方に目線を向けました。そして、

「てめえもやってやろうか？」

と言いました。すると、

「今日は、ここらへんにしておこう。お前が負けることは、もう決まっているからな！」

そう言いすてて、ジャイアントウルフは、ろう屋の外に出て行きました。てっぺいは、おそるおそる、粉々になったガイコツを見て、

「すごい…。どうやったの？」

と言いました。するとチキは、

「知りたいか？」

と言いました。てっぺいはとまどいながらも、

「うん…。」

と答えました。

「それじゃあ、教えてやるとするか…。」

チキは大きな深呼吸を一つして、話し始めました。

「おれのご先祖様は、みんな、とても幸せな家族だったそうだ。でも、戦争が始まってしまった。そこで、ご先祖様たちは必死でにげたそうだ。でも、家族の中でゆいいつ魔法が使えるミッシェル…まぁオレから言うと、ひいひいおばあちゃんかな？…ただ一人しか生きのこれなかったんだ。ミッシェルは、ばくだんから身を守るマントを身につけ、にげた。そしてたどりついたのが、ある城だった。

ミッシェルが城の前でうろうろしていると、それはそれは、かっこい

い王子が出てきたそうだ。ミッシェルは、とても美しかった。ミッシェルは、王子のことが好きになり、王子もミッシェルのことが好きになった。二人はその城で暮らしはじめた。そして、二人の間には何人かの子どもも生まれた。幸せな暮らしが続いたある日、王子が突然つぶやいた。

『お前はとてもいい人だ。今まで何も気付かず一緒にいてくれて。だがな、もう終わりだ！』

そう言うと、青い光が出てきて、ミッシェルを包みこんだ。ミッシェルは粉々になり、消えてしまった。そう、王子も魔力を持っていたんだ。二人の魔力は、子孫である赤んぼうのおれにうけつがれたのさ。ま、かんたんに言うと、『遺伝』ってやつかな？」

何だか不思議な説明だったけれど、てっぺいは、ひくっひくっと泣きだしました。そして言いました。

「かわいそうだね…。ミッ…シェルさん…。」

「まあな」

と、チキがかえしました。すると、ろう屋の外から、

「何を言っている？　ごちゃごちゃうるさいぞ！」

というジャイアントウルフの声が聞こえました。

チキとてっぺいは、顔を見合わせました。また、あの決戦が始まると思うと、とりはだが立ってくるようです。しかし、チキはさっきとは、人がちがうように、

「ようし！　やってやろうじゃないか！」

と立ち上がりました。

そして、ジャイアントウルフがやったことと同じように、自分のジャイアントウルフよりはるかに小さい毛を一本ぬきました。するとどうでしょう。それが、ジャイアントウルフのけんよりもはるかに大きいけんになりました。チキはまんぞくそうに、

「はは！　おれはもう無敵だ！　何が、ジャイアントウルフ様だ！　このけんで、ギッタギッタにしてやる！」

と言いました。てっぺいは、

「チキって、本気になったら、とにかくすごいんだな…。」

と思いました。

そして、その夜、二人は寒いろう屋の中でくっついてねむったのでした。

次の朝、てっぺいが起きると、チキがいませんでした。ろう屋のドアも開いていています。あたりをきょろきょろしていると、一まいの手紙がありました。そこには、

「今からジャイアントウルフをたおしに行ってくる。朝が一番良いと思うからな。そこで一つお願いがある。おれが戦っている間に、すみからすみまで、父さんがいないか探してくれ。今はこんな姿のはずだ。」

と書いてありました。てっぺいは心細い気持ちをふりはらって、すぐに立ち上がりました。

「早く見つけないと！」

てっぺいは、勇気を出して探しはじめたのでした。

一方、チキはおろおろとしていました。「行く」とは言ったものの、どこにジャイアントウルフがいるのか分かりません。そこで、自分の思うように歩いて行ってみました。すると、一つの大きなとびらがありました。

そっと中をのぞいてみると、ジャイアントウルフとそのけらいと思われる者が何やら話しているようです。とびらに耳を近づけると、中からジャイアントウルフの声がしました。

「みなも知っての通り、今、ろう屋に、人間界からやってきた、生意気なねこと、おくびょうなガキがいる。きのう、そいつらは、オレ様のだいじなガイコツの命をうばいやがった。そこでだ。オレ様は今からしばらく魔力の部屋にこもって力を十倍にする。それから、やつらをたたきのめす。その間、ヤングウルフ、お前がこのむれのリーダーとなれ。」

と言っていました。そこで、チキは考えました。

（まず、ジャイアントウルフが魔力の部屋に行ってしまった後、そのヤングウルフとかいうやつをやってしまうほうがいいな。それから、できる限り多くの妖怪どもを始末してしまおう。一番最後にジャイアントウルフをねらったほうがいいな。）

そんなことを考えていると、てっぺいが向こうからかけてきました。

「お父さん、見つけたよ！」

するとチキが、

「そうか！　よし！　じゃあ、父さんをつれて二人で先にあのろう屋で待っててくれ！　おれもすぐ行くから！」

「分かった！」

チキは、（てっぺいも、がんばって父さんを見つけてくれたんだ。よし！　おれもがんばるぞ！）と、そんなことを思っていると、またてっぺいがもどって来て言いました。

「お父さんは一人で大丈夫だそうだ。だからぼくは、チキについて行ってもいいかな？」

二人は、作戦を話し合い、ジャイアントウルフが出て来るのを待ちました。しばらくすると、ジャイアントウルフは出て来て別の部屋に向かいました。二人はそれを見はからって、

「せーの！」

と、かけ声を上げて重いとびらをあけました。（行くぞ！）と思って中を見た二人は、え!?と思いました。

ヤングウルフのまわりに十数名の妖怪がいたのです。チキは、（なんだ、これだけか。）と思いました。てっぺいは（こんなにたくさんいるの？）と思って、チキの後ろにかくれました。

気がつくと、チキの体からは青い光がめらめらと上がっています。そして、手を前につき出したと思ったしゅんかん、そこにいた妖怪たちに光の矢をはなち、その光は後ろにいたヤングウルフまで届きました。ヤングウルフたちが粉々になるのを見とどけると、チキとてっぺいは、すぐさま外に出ました。

そして、バタン！ととびらをしめると、いちもくさんにろう屋へと急ぎました。

ろう屋に着くと、チキのお父さんが待っていました。チキは、

「あいたかったよ、父さん！」

と言って、お父さんにだきつきました。てっぺいはそれを見て、まるで自分のことにように心が温かくなりました。でも、てっぺいは、チキのお父さんに言いました。

「どうやってここに来たの？　場所、知ってたの？」

すると、チキのお父さんが、

「ここのことは前から知ってたさ。ジャイアントウルフとヤングウルフがおれのいるところで、のんきにしゃべりやがってたからね。もちろん、君たちのことも知ってたよ。わざわざ父さんを助けにきてくれたなんて、りっぱになったな、チキ。あっ、お前さんも、ありがとう。」

と言いました。すると、チキが、

「父さん、実は、父さんだけじゃないんだ。こいつらも。」

と言って、床ののぞき穴のところにお父さんをつれていきました。チキの父さんは下を見て、目を丸くしてとびあがりました。

「こんなところにも、人がいたとは……。」

「父さん、こいつら、助けてから帰らねーか？」

「よし！」

と、チキのお父さんは立ち上がりました。すると、チキが、

「そうなったからには、父さんの魔法を解いておかなくっちゃな。だって、あのジャイアントウルフに見つかっちまったら、いけないからな。父さん、その、魔法を解くやり方って、知ってるか？」

と言いました。チキのお父さんが、

「やり方は知らないが、あの水晶玉とかいうやつを使ってたような気がするな。まずそれをとってきてしまえば、いいんじゃないか？　それともその前に、ジャイアントウルフを倒してしまおうか？」

と言いました。

てっぺいはその会話を聞いて、（倒すとか、とってくるとか、チキも、

チキのお父さんもゆうかんだなぁ、とてもじゃないけど、ぼくにはできないや）と思いました。するとチキが、

「でも、一人でやるには、少し無理があるなぁ。」

と言い、ちらりとてっぺいを見ました。てっぺいは、あわてて目をそらしました。チキが、

「やってくれるよな、てっぺい。」

と言い、まだてっぺいが返事もしていないのに、

「よし、きまり！」

と言いました。そして、

「じゃあ、おれがジャイアントウルフを倒す。だからお前は、あの水晶玉をとってきてくれ。」

と早口で言い、そそくさとろう屋の外に出ました。てっぺいは、はぁ、とため息をつくと、チキのあとについて行きました。どんどん歩いていくと、チキが、

「ここだ…。魔力の部屋はここにちがいない。」

と言いました。そこには、今まで見た中でいちばん大きなとびらがありました。てっぺいは、急に不安になってきました。そして、チキに言いました。

「カバーしてくれるんだよね？」

「え？」

「ほら、ここに来る前、言ってくれたじゃん。『おれがカバーするからさ』って。」

「あぁ…。分かってるって。ゆうかんなおれ様がお前を守ってやるよ！」

そう言ったしゅんかん、とびらがギギィーと音をたててあきました。とびらをあけたのは、ジャイアントウルフでした。

チキはすぐさま、自分の毛を抜きました。その毛はみるみる大きなけんになり、ジャイアントウルフの心臓をつきぬけました。ジャイアントウルフは、バタリと倒れて、すぐに灰になってしまいました。

「体のわりには強くなかったな。」

と、チキが言いました。そして二人は、水晶玉を大事に持ち、上に高く上げました。

するると、どうでしょう。黒ねこだったチキが人間になったのです。チキはブルーの瞳をした金髪の男の子でした。同時に、むこうから、一人の男性が走って来ました。てっぺいが、

「失礼ですが、だれですか？」

と聞くと、その男性は、

「チキ！」

と言って、チキにだきつきました。二人とも、すぐにだれか分かりました。そう、チキのお父さんです！

お父さんは言いました。

「早く、あのろう屋にとじこめられている人達を助けてあげないと！」

水晶玉をてっぺいにわたすと、すぐさまチキとお父さんは、ろう屋へ向かいました。何をしたらいいか分からないまま、てっぺいは水晶玉をなでてみました。すると、そこにチキとお父さん、そして助けを待っているたくさんの人々がうつしだされました。

てっぺいは水晶玉をにぎりしめ、さけびました。

「がんばれ、チキ！　お父さん！」

「おい、母さん、今日は何日だったっけ？」

てっぺいのお父さんが、お母さんに聞いています。お母さんが、新聞をわたしながら答えます。

「4月7日。今日からてっぺいも新学期よ。」

「はやいもんだなぁ。てっぺいも、もう六年生か。」

そんなことを言っていると、

「いってきまーす！」

と、元気なてっぺいの声が聞こえ、ドアがしまる音がしました。てっぺいは、親友をむかえに行きます。あの日以来、一人と一匹ではなく、二人で学校へ行っているのです。

もちろん親友の名前は、みなさんお分かりですね。

―終わり―

トリプル・ワールド

パラッ。一枚の写真が落ちた。アキはその写真をとって、見た。

「なにこれ?」

そこには、三人の、顔がそっくりな女の子が写っていた。そのうち一人はだれか分かった。アキだ。だって、目の下にほくろがあるから。でも、あとの二人はだれなんだろう。小さいときのアキの親友だろうか。いや、ちがう。それにしては顔が似すぎだ。アキは、そっと自分のつくえに写真をしまった。

晩ごはんを食べながらもアキは考えていた。だが、どれだけ考えても、二人がだれなのか分からない。しかたなくお母さんに聞いてみようと思い、写真を持ってきた。

「お母さん。」

勇気を出して、その写真をお母さんに見せた。いっしゅん、お母さんは顔をくもらせたが、でもすぐにほほえんで、

「保育園にね、あなたとそっくりな子が二人いてね、それが理由でよく遊んでたのよ。」

「でもお母さん、この子たち、パジャマ着てるよ。いくらなんでもパジャマ着て、こんなはやくに遊ばないでしょ。」

また、お母さんの顔がくもった。でもお母さんは、

「その日はきっと泊まってたのよ。」

と言って、自分の部屋に行ってしまった。アキも部屋にもどった。アキのベッドはやけに大きい。あと二人はかるくねられるくらい。その時、アキの頭にふっとある考えがうかんだ…。

「そんなわけないよね…。」

アキはねむりについた。

「アキ様、アキ様!」

急に名前をよばれておどろいたアキは、目を開けた。

「うわ!」

そこは、きれいな花畑だった。アキは少しの間、ポカンとしていたが、そのうち、花をつんで、かんむりを作り始めた。そんなことをしていると、一人の自分にそっくりな女の子が来た。

「ダメ！」

女の子はそう言って、アキの作りかけのかんむりをうばいとった。そして、

「ごめんね…。」

と言って、アキにほほえんだ。

「もしかして…写真の…。」

アキが言うのをさえぎり、女の子は言った。

「そう。わたくしはサキでございます。アキ様の三つ子の姉でございます。」

「え？　三つ子？」

「うふふ。もう一人のことが気になるのでしょう。でもそれは、また今度。」

「何でそんなおひめ様みたいな言葉使ってるの？」

「天使だからでございます。」

「え？　じゃあ何で写真に写ってるの？」

「話すと長くなりますが、よろしいでしょうか?」

「うん。」

「では、お話いたしましょう。まずこの写真は、わたくしたちが三才のときの写真でございます。ほら、この羽もまだはえておりませんでした。」

そう言って、サキは自分の背中についた二つの羽をアキに見せた。

「本当だ!」

「でも、わたくしたちが四才になった初めごろ、背中に羽がはえ始めたのでございます。わたくしはまだ四才でしたので、あまり気にしておりませんでしたが、両親はすぐに気づいてとても心配しておりました。そしてすぐに物知りのおじい様に聞くと、おじい様は、

『おおう。この子は天使の子じゃ。ばあさんと同じじゃ。』

と、おっしゃったのでございます。しかし、天使が人間界で暮らせるわけがないのです。両親は毎日悩んでおりました。

そして、三日ほどたった時、お母様がだれかと話しておられるのを聞

いたのでございます。そっとドアをあけると、私と同じような羽をしたおばあ様がいたのです。すると、おばあ様は私の方へ来て、私をだっこしてくださりました。そして、手をぴゅっと天井にあげると、私とおばあ様はふっとその場から消えたかと思うと、この場所へたどりついたのでございます。」

アキは言った。

「でもさ、なんでこのお花、つんじゃいけないの？」

「それはですね…。」

サキは、少し間をおいて言った。

「気味が悪いかもしれませんが、この花一本一本が命なのでございます。」

「命!!」

「えぇ。そうなんです。あの時のおばあ様も、この中の一本なのでございます…。」

「つまり…よくわかんないんだけど、サキちゃんのおばあちゃん、私のおばあちゃんでもあるんだけど……死んじゃってるんだよね。」

「はい。」

さびしそうにサキはうなずいた。アキの知らない思い出があるのだろう。

「じゃあ、このお花は、ここに住んでた天使たちの命なんだね…。」

「そうなのでございます。」

そう言うと、サキは、

「アキ様、こちらへどうぞ。」

と言って歩きはじめた。すると、

「シャラララ、シャラララ、ボ〜ン。」

という音があたりに鳴りひびいた。サキが、

「残念でございます。もうすぐアキ様のお目覚めの時間でございます。学校、がんばってください。」

と言った。

「でも、明日は日曜日だから学校ないんだ。」

「あ。そうなのであれば、これをさし上げます。」

そう言ってサキは、「ＴＮＳ」と書いた暗号と、小さな電話機を差し出した。

「こちらのコードをどこかのコンセントにさしこんで、このアルファベットのＴ・Ｎ・Ｓを押すと、こちら、私の家につながります。ひまな時にかけてくださいませ。」

「天使からのプレゼントだから、もっと不思議な物かと思ったよ。でも、けっこう現実的なんだね。」

アキがそう言うと、あたりがパッとまぶしくなった。びっくりして目をつぶったしゅんかん、アキは体がどこかにすいこまれていくような感じがした。気がつくと、アキは部屋のベッドでねていた。（朝か…）アキは起き上がった。

「夢か…。」

アキはもう一度、ゴロンとベッドにねころんだ。

「いたっ…！」

頭になにかがゴツンとあたった。まくらをぱっとめくった。

「あー!」

アキは思わずさけんでしまった。

「うそでしょ…。」

まくらの下にあったのは、あの電話機だった。アキはそっと手にとってみた。(これは夢じゃない! 本物だ!)アキは興奮してベッドの上をピョンピョンとびはねた。すると、

「もう、うるさいわね。」

と言ってお母さんが入ってきた。アキは、さっと電話機をふとんの中におしこんだ。

「はぁ、もう。ノックしてよ。これじゃ、自分の部屋の意味ないじゃん。」

「何かかくしてる?」

不思議そうに、お母さんがアキに聞いた。

「え?」

「だって、自分の部屋の意味ないって…だれにも見られたくないもの

でもあるのかなって。」

「そ、そんなの、ないに決まってるじゃん！」

「そう。」

そう言うと、お母さんは少し不満気な顔をして、出ていった。ふぅ。あぶなかった。アキはもう一度電話機をとり出した。コードをベッドわきのコンセントにさしこんで、電話機をじっとみつめる。すると、「電源」というボタンを見つけた。

「これ、押せばいいのかな？」

アキは、ポチッと電源を押した。

「あっ！　そういえば、ひまなときに電話してって言われてたんだったっけ？」

アキはいっしょうけんめい夢の記憶をたどった。

「そうだ！　暗号を書いた紙があるはず！」

あわてて探すと、クシャッという音がした。よく見ると、アキのポケットが少しふくらんでいた。ボスッとポケットに手をつっこむと、紙のようなものが手にふれた。

「あった!」

ぱっととりだしてみると、「TNS」と書いたメモだった。

「よし!」

アキはアルファベットのT・N・Sをポチッと押した。すると、

「ピッピッピッピッピッピッチーン。」

と、エレベーターのような音が鳴って、

「はい。」

「あっ…もしもし…。」

と、だれかの声がした。

「アキ様でございますか?」

「あ! サキちゃんだ!」

「さきほどから、今か今かと待っておったのでございます。」

「あのさぁ、さっき、たいへんだったたんだから。」

「どうかしたのでございますか?」

「電話機をお母さんに見つけられそうになっちゃって…。」

「あぁ、言い忘れておりました。あの電話機は、アキ様にしか見えませんので、無理にかくさなくてもよろしいのでございます。」

「な〜んだ！　なら、先に言ってよ〜。」

「申しわけございません。」

「とにかく話ができてよかったよ！」

「そうでございますね。あっ。その電話機に「夢ボタン」がありませぬか？　それを夜、ねる前に押していただくと、その日の夢でわたくしの家に来ることができます。そこでお茶でも飲みながら、一緒にお話いたしましょう。」

「そうだね。分かった。夜、待っててね。」

アキはプチッと電話を切った。まだ朝だけど、考えただけでもウキウキしちゃう。アキは、朝ご飯を食べにダイニングに行った。

「おそかったじゃないの。」

お母さんに言われた。

「うん。まあね。」

「まあねじゃなくて、何してたの？　今日は、おじいちゃん家においしいケーキを食べに行くんでしょ。」

そうだった！　サキちゃんとのことがあったから、すっかり忘れてた！

「いけない！　着がえてくるね！」

もう八時。約束の時間は九時。一時間しかない！　アキは、パンをくわえて部屋へ走っていった。

「もう、おぎょうぎが悪いったらありゃしない…。」

お母さんがお皿を洗っている音が聞こえた。


「いってきまーす！」

アキは元気よくドアを開け、走っていった。アキは、時計を見た。八時二〇分。おじいちゃん家までは、三〇分かかる。今から行ったら余裕だ。

「あ！」

アキは、重大なことに気づいた。

「電話機、忘れちゃった。」

さっきよりもっとはやいスピードで家に向かって走り出した。

「ただいま！」

後ろでお母さんが何か言ったような気がした。でも、こんなときは、無視、無視！

「いってきま〜す。」

本日二回目の「いってきます」を言って、外に出て、本日二回目の道を通っていく。今は八時三十五分!!　何てことだ。今は全く余裕ではない。

アキは、猛ダッシュでおじいちゃんの家にむかった。おじいちゃんは時間にきびしい人だから、一分でもおくれてはいけない。この際、他の人から変な目で見られてもかまわない。スカートがめくれたってかまわない。とにかくおじいちゃんの家に時間通りに着けば、何があってもいい。アキは全速力で走っていった。

「ピンポーン。」

九時ぴったり！

「ガラガラガラ。」

げんかんの戸が開いて、おじいちゃんが出てきた。

「おお、アキか。待っていたぞ。」

「お、おじいちゃん。よかった、間に合って。」

息を切らしながら、アキは言った。

「九時ぴったりだよ。おくれたらどうしてやろうと思っていた。アッハッハ。」

おじいちゃんは笑いながら家に通してくれた。おじいちゃんの家はとっても大きい。まぁ、当たり前だ。だって、おじいちゃんの家では昔、おばあちゃんもいたし、子どもが四人もいたんだから。そのうちの一人がお父さんなんだけど。

「アキ、ここにすわっていなさい。」

おじいちゃんは和室の一つにアキを通してくれた。すっごく広い部屋。一人暮らしだからと言って、お父さんが去年プレゼントしたマッサージ機もある。

「はい。」

おじいちゃんは、お茶とケーキをアキに差し出してくれた。

「敬老会で食べた時、とてもおいしかったから、アキにもと思って買ってきた。どうかな。」

「それより、おじいちゃん。」

アキはかばんから例の写真をとり出して、おじいちゃんに見せた。

「ミキ、サキ…。」

「え？　ミキって、だれ？」

「アキの三つ子の妹だ。」

「サキちゃんだけじゃなかったんだ…。だよね。三人、写ってるんだもんね。」

「ん？　サキのことを覚えているのか？」

「覚えているっていうか、最近知ったんだけどね。」

「お母さんに教えてもらったのか？」

「そんなわけないじゃん。」

「じゃあ、どうして？」

少し間をあけて、アキは言った。

「夢で会ったんだ。」

「夢？」

「そう。夢。」

アキは、それまでのあらすじをおじいちゃんに話した。

「そうだったのか…。」

「うん。そうだったの。」

「でも、夢だからな。現実ではない。」

「言うの忘れてたけど、これ…。」

アキは、電話機をおじいちゃんに見せた…つもりだった。

「おじいちゃん、これ知らない？」

「……。」

「おじいちゃん？」

「何のことを言っているのじゃ？　アキ。熱でもあるのではないか？」

「え？」

「どう見ても何もなかろう？　それとも、わしの視力が悪くなったのかのう？」

（そうだった！　この電話機は私にしか見えないんだった…。）

しまったと思ったアキは、おじいちゃんに言った。

「あっ…。もういいよ。ちょっとぼ〜っとしてて。」

「そうか…。」

「ほんと、気にしないでね！　おじいちゃんの視力が悪くなったんじゃないから！　レンズ変えなくてもいいからね！」

アキはそう言って、おじいちゃんの家を高速で出ていった。アキは、べつに急いでいるわけではなかった。ただ、はずかしかっただけ。おっちょこちょいで、いっつもこんな風にはずかしい思いをする。そもそも一度家に帰ったのは何のためだ？　この電話機をとりにいくためだ。でも、そこで考えるべきだった。だいたい自分にしか見えないものをわざわざとりに行くなんて、おかしな話だ。でも…。ん？…。アキは足をとめた。

「あ？　ケーキ！」

アキはくるっと方向を変えて、おじいちゃんの家へ向かった。

「ピンポーン」

「ガラガラガラ。」

チャイムを鳴らしたしゅんかん、おじいちゃんが出てきた。

「おおう、アキ。心配したのじゃぞ。急にとび出していって一体どうしたと…。」

おじいちゃんが何か言っているのをさえ切り、アキは言った。

「ケーキは？」

おじいちゃんはうれしそうに、

「おおう、ケーキか。アキがおらんなってから、そのままじゃよ。」

と、言ってくれた。

「うん。ありがと。」

アキは、まるで自分の家を歩いているようにずかずかとおじいちゃんの家に入って(乗りこんで)、急いでケーキにパクついた。

「ん！　うま！　あっ…おいしい…。」

おじいちゃんは言葉づかいにもきびしい人だから、もちろん「うまい」なんて言っちゃいけない。「おいしい」と言わなければいけない。でも、今日のケーキはうま…おいしすぎる。いつもはふつうのショートケーキだけど、今日はモンブラン！　いつものショートケーキとはちがう絶妙な甘さ、それに、この中に入ったくりの甘さがコラ

ボして、何とも言えないゲキウマの…すごくおいしい味になっている！やっぱりもどってきてよかった。アキはにんまり笑顔でケーキを食べきった。


「バイバーイ！」

「さようならじゃ！」

「あっ。さようなら…おじいちゃん。」

アキはおじいちゃんの家を出た。おじいちゃんがいろんなことにきびしいのは昔の人だからだろう。（老人会の人たちにもおどろかれてるけどね）まぁ、そう思っておこう。そんなことを考えていると、家についてしまった。

「ただいま。」

「おかえりなさい。今から買い物行ってくるから、家にいてね。」

バタン。お母さんは、私が帰ってきたのとすれちがうように出かけていった。

アキは部屋にもどると、電話機を出した。そして（ん？）と思った。

「呼び出し？　なにこれ？　こんなボタンがあるんだ？」

アキは少しとまどったが、お母さんもいないし、と思うと、ポチッと「呼び出しボタン」をおしてみた。すると、

「シャララ〜ン。」

と音が鳴って、サキが、

「こんにちは。」

と言って出てきた。アキは、おどろいて言った。

「すご〜い！　私が行くだけじゃなくて、サキちゃんが来ることもできるんだ！」

「えぇ。でも、よく呼んでくれました。わたくし、とてもひまだったのでございます。」

「あはは。サキちゃんも、ひまな時とかあるんだね。あのさ、今、お母さんいないから、何かして遊ばない？」

「何をして遊ぶのですか？」

「何したい？」

「何がしたいと言われましても…。」

「あっ。そうか、分かんないよね…。じゃあ、かくれんぼしよう。」

「かくれんぼ？　あぁ。かくれている人をもう一人が見つけるというものですか。」

「知ってるんだ！」

「はい。幼いころに、みんなでやったのを、少し覚えています。」

「そうなんだ。じゃあ、さいしょはグー。じゃんけんポン！」

アキはグー。サキはパー。

「じゃあ、一分数えたら探すから、どこかにかくれててね。」

「分かりました。」

アキは、部屋から出ると、キッチンのテーブルにうつぶせになって数え始めた。

「一、二、三、四…。」

一方サキは、どこへかくれればよいのか分からず、とまどっていた。いきなり呼び出されたかと思うと、他人の家にかくれろと言われ、とてつもなく困り果てていた。

「どういたしましょう。」

サキはぐるっと周辺を見回した。そして、あるものが目にとまった。

「これです！」

サキはそう言って、かくれたのだった。

さて、一分数えたアキは、トイレ、おふろ場、お母さんの部屋、げんかんまで調べた。

「いないなぁ。」

アキは自分の部屋にもどって、つくえの下、クローゼット、いるはずもないが、たなまで調べた。でも、いっこうにサキは見つからない。

「もう。いないじゃ～ん！」

アキは、ベッドにずど～ん、とダイビングした。すると、

「いたい！」

という声が、どこからか聞こえてきた。アキは、もしやと思って、ベッドのふとんをめくった。すると、サキがいた。

「み〜つけた！」

「あ〜。暑かったでございます。」

「ごめんごめ〜ん。だって、まさかベッドにかくれてるとは思わなかったんだよ。」

「何だか、もう一人の自分に見つけられたみたいでございます。」

「あっ。私もそれ思った。もう一人の自分を見つけたみたいで、すっごい不思議な感じがした。」

そして、二人で爆笑した。すると、

「ただいま〜。」

という声がした。

「うわっ。お母さんだ。」

「わたくし、帰ったほうがよろしいでしょうか。」

「うん。そうかも…。でもさ、せっかく来たんだから、お母さんに会っていきなよ。」

「そんなこと、できるはずがございません。」

「でも…。お母さんも何も知らないより、いいと思うんだ。きっと、サキちゃんの成長したすがたも見てみたいだろうし。」

サキは思った。

(お母様…。そんなにわたくしに会いたいと思っておられるのでしょうか。それに、そんなにすんなり受け入れてくれるはずがございません。)

そして、サキは言った。

「行きます。」

サキは自分の言葉におどろいた。だって、それはサキが言おうとしていたことと、全く正反対の言葉だったから。

「じゃあ、行こう。」

サキは、アキに連れられて、キッチンへ行った。

「お母さん、おかえり。」

「ただいま。何やってたの？　部屋でごそごそと…。」

ふり向いたお母さんは、ぴたっと固まった。そして言った。

「おかえり、サキ。」

「お母様！」

サキは、お母さんにだきついた。なみだを流しながら。

「あいたかったです。」

「……。」

お母さんは、笑いながら泣いていた。そして、

「ありがとう。ありがとう。」

とつぶやいていた。

サキは、なぜ自分があの時「行きます」と言ったのかが分かった。それは、受け入れてもらえないかもしれないという不安な気持ちより、お母さんに会いたいという思いの方が強かったからだった。そして今サキは、そのずっと会いたかったお母さんのむねの中にいる。そう思うと、昔に帰ったような気持ちになった。

「ひくっ。ひくっ。」

だれかの泣き声がする。アキは辺りを見わたした。（ここはどこ？）空は青く、雲ひとつなく、辺りには森のように木がおいしげっている。アキは、（だれか泣いてるのかな）と思いながら先へ進んで行った。しばらく行くと、木の枝でできたアーチのようなものがあった。アキはすいこまれるように、そこに入っていった。

「うわっ。」

アキはおどろいた。そこは先ほどまでとは、まるで正反対のけしきだった。青い空は、真っ赤な血の色へ。おいしげった木はかれ、おまけに、変な実までついている。アキ

はゾクゾクしながらも、その泣き声の正体を知るべく、もっと先へ進んでいった。

すると、一人の黒い服を着た女の子の姿が見えてきた。その子は、ズタッと地にひざをつけ、

「ひくっ。ひくっ。」

と泣いている。アキはおそるおそる近よった。そして言葉を失った。その子の頭には、猫のような耳がついていたのだ。アキはおどろいて、にげようとしたが、泣いているその子がほうっておけず、自分もしゃがみ、その子にたずねた。

「どうして泣いているの？」

「…。」

「何が悲しいの？」

「……サキ…サキが死んじゃう。」

「え？　サキって…。あの天使のサキのこと？」

アキがそう言ったしゅんかん、その子は、すっと顔を上げ、アキの方

にふりむいた。そして、アキにだきついた。アキは、こおりついた。まさか…まさか…。私とそっくりなこの女の子は、三つ子のもう一人？その時、パッと光がさした…。

アキは、朝ごはんを食べながらも考えていた。なぜ、私に似ている人、いや、ちがう。私に似ている「ようかい」があらわれたのだろう。それにあの、サキが死んでしまうというのは、どういう意味なのだろう。ただの夢なのだろうか。

でも、アキにはなぜか、それがただの夢のようには思えなかった。なぜか、すごく不吉な予感がした。

登校しながらもアキは考えていた。でも、どれだけ考えても頭の中は？《ハテナ》マーク。「はー。」とため息をついて信号がかわるのを待っていると、

「アキちゃ〜ん！」

と、後ろの方から大きな声がした。はっとしてふり向くと、ミヅキちゃ

んが手をふりながら走ってきた。ミヅキちゃんは、保育園からの友達。いつもはもっと早い時間のはずなのに、今日はやけにおそい。よくよく見てみると、ポニーテールにしているかみの毛がピヨンピヨンにあっちこっちにはねていて、とても見られたものではない。ミヅキちゃんは、走るのをやめて、

「あはは。今日、ねぼうしちゃってさ〜。」

と言いながら、ポリポリ頭をかいた。

そして、あーだこーだといろいろ話しかけてきた。いつもはとってもおもしろく感じるミヅキちゃんのお話。自分にはできそうもない、とんでもない話ばかりだ。でも、今日は、あまり楽しめない。アキが言う言葉といえば、ふーん、へー、そうなんだ〜、くらいだ。それどころか、今日のアキはミヅキちゃんの話を聞くと、なぜか、（なにをのんきに話してるの？　こっちの気持ちも知らないくせに。）と思ってしまう。

「キーンコーンカーンコーン。」

チャイムが聞こえた。

「やば！」

ミヅキちゃんが走り出した。アキもつづいて走った。げんかんを入ると、いそいで上ばきとはきかえ、ダッシュで五年生の教室がある三階へかけあがった。

「ガラガラガラ。」

ゼーゼー言いながら、教室のドアを開けた。幸い、先生はまだ来ていなかった。でも、生徒はおりこうさんに席に座って、読書をしている。

アキとミヅキちゃんは、ささっとランドセルをロッカーに入れて、ささっと席について、さっきから読書をしているように、まるで（ちこくなんか、してませんよ～）とでも言うように、本を開いた。

しばらくして、先生が教室に入ってきた。先生はきょうたくの前に立つと、

「今日の日程は、一時間目、理科、二時間目、体育、三時間目、算数、四時間目、国語です。今日は、先生たちの研修会があるので、四時間授業です。」

と、生徒につげた。教室中から、

「イェーイ!」

「やった〜。」

「よっしゃー。」

と、たくさんの歓声がおこった。アキは、(今日ははやく帰って、サキちゃんのところへ行こう。あれ?　夜じゃないと行けないんだった。そうだ!　呼び出してみよう!)などと、考えた。

そして一時間目。理科の得意なアキは、みごと実験の結果をまとめ上げ、先生にほめられた。でも、アキの心ははるか遠くのところにあり、ちっともうれしくなかった。二時間目だって、百メートル走でとびぬけの一番になっても、ぼ〜っと空を見上げた。三時間目の算数や四時間目の国語だって、一応ノートは書いていたものの、いつもはよく発表をするアキが、今日は全く発表もせず、おまけにず〜っとなにかを考えていたので、他の人から変な目で見られた。そして、ついにきた帰りの時間。

アキは、ソワソワしていた。そして、日直のヒロアツが、ゆっくりゆっ

くり、前に出て、

「えっと…。これから…帰りの…会を…はじめます！」

と、からだをくねらせながら言い、教室は爆笑で包まれた。でも、アキは怒りくるっていた。（はやく帰りたい…はやく帰りたい…）と思っていたのに、こんなことをしていては、なかなか帰れないじゃないか。すると、先生が、

「いちいちそんなくだらないことで笑いませんよ。そんなんじゃ、本当の六年生になれませんよ。」

と言って下さった。先生の一言で、教室中がわれに返った。これを、「つるの一声」とでも言うのだろうか。辺りは、シーンとなり、日直の顔もひきしまった。そして、

「これで、帰りの会をおわります。しせい、礼。さようなら！」

と言いきったしゅんかん、ダダダーとみんなが押し合いへし合いして、教室から出ていった。アキは、（はやく帰りたかったのは私だけじゃなかったんだなぁ）と感じた。

アキは、走っていた。いつもならこんな時、足が速くてよかったな、と思う。でも、今日はそんなことを思っているひまもない。ひたすら家まで全速力で走っていった。そして、

「ドン!」

とドアをあけて、足をビュンビュンふって、くつをぬいだ。そして、

「ただいま!」

と言い残して、自分の部屋に入った。アキはランドセルをほうり投げて、ポンッと呼び出しボタンを押した。

すると、すぐにサキが出てきた。アキはサキを見て、おどろいた。白いワンピースはズタズタにやぶけ、泣いている。そして、アキに、

「助けて…下さい…。」

と言った。さらに、

「このままでは、わたくしたちの国が…ほろびてしまいます。」

と、つけ加えた。アキは、はっとしてサキにたずねた。

「もしかして…。戦争してるの?」

「…はい…。」

「じゃあ…。勝たなくちゃ！」

「いけません‼」

アキはいっしゅん、のけぞった。サキが、こんなに大きな声を出したのは、はじめてのことだった。

アキは、よっぽどのことがあるんだと思い、

「どうして、勝っちゃ、いけないの？」

と、たずねた。すると、サキは言った。

「わたくしが勝てば、ミキが死ぬ。ミキが勝てば、わたくしが死ぬ。戦争とは、そういうものなのでしょう。どうせ、そうなってしまうのならば、相手が死んでしまい、後かいするより、相手に生きてもらいたいのです。」

アキの顔をなみだが伝わった。

「そんなの…ダメだよ…。」

「え？」

「なんで、戦争じゃないと、いけないの？　サキちゃんだって、分かるでしょ？　戦争がどれほどの命をうばって、どれほどの人の体と心をいためつけるのか…。分かってるのに、どうして…。」

「わたくしが、どうこうできることでは、ありませんから…。」

「それに…ミキってさ…。黒い服を着てる、その…猫みたいな耳がはえている子？」

「え！　…そうです…。」

「あの子さぁ…。泣いてたよ。」

「どうしてですか？」

「あの子もあなたといっしょ。泣きながら、〝サキが死んじゃう〟って言ってたよ。あの子も、サキちゃんが傷つくのが、いやなんだよ。きっと、サキちゃんがいなくなったら、ミキちゃんもとっても悲しむし、後かいすると思うよ。」

「ならば、どうすれば…。」

「他のやり方があるでしょ。」

「え？」

「あるじゃない！　みんなが平和になれる方法が！」

「…そう！　おたがいがみとめ合えばよいのですね！　でも、おたがい、言い分もあるわけですし…。」

「きっと、今争ってるのは、おたがいの言いたいことを、おたがい理解してないいんじゃない？　サキちゃんは、ミキちゃんがいるところの言いたいこと、くわしく知ってる？　何でその国が自分たちにおこってて、何をしてもらいたかったのか。知ってるの？」

「くわしくは、知りませんが…。」

少し間をあけて、サキは話しはじめた。いつの間にか、あふれるほどのなみだは、とまっていた。

「最近、ミキたちの国は、全く栄えず、困っていたのです。一方、わたくしたちの国は、栄えておりました。

そんなある日、わたくしたちの国の王が、今まで仲のよかったミキの国の王へ、手紙を書きました。それには、

〝元気にしておりますか。最近、そちらの国は、あまり栄えぬと耳にしました。私たちにできることがあるならば、力をお貸しします。共に助け合い、がんばりましょう。〟

と書いてあったそうです。すると次の日、返事が来て、そこには、

〝力など借りることはない。それに、そちらと助け合おうとも思わない。〟

と書いてあったそうです…。」

「うーん…。どうしておこってるのかなぁ。私には分かんないや。そうだ！　会議を開いたらどう？　そういう場を設けたら、両者の気持ちが分かるんじゃないかな？」

「そうですね！　さっそく王様に聞いてみます。今日は、相談にのっていただき、ありがとうございました。」

サキは、そう言うと、にっこり笑顔で去っていった。

日曜日。だれかに肩をゆすられて、アキは半分目覚めた。

「お母さん？…。」

「サキでございます。至急、来てください。」

「え?…。何?…。何って言った?…。」

「だから…。至急、天へ来てください!」

「お昼でいいんじゃない?…。」

アキはそう言って、再びねむりにつこうと、ふとんを頭からかぶった。

「いけません!」

サキはそう言って、ふとんをどかした。そして、ねぼけているアキにむりやり着がえさせて、天につれていった。

「ここ…どこ?」

アキは、辺りを見まわした。そこは、大ホールのような立派な会議室で、いすが何個も並べられている。そして、左に妖怪組、右に天使組の人々が座っていた。

「ここに座ればいいの?」

アキは、天使組の方のあまっている席に座ろうとした。

「あ! アキ様は、あちらですよ。」

座ろうとするアキを、サキがよびとめた。アキは、サキが指差す方を見た。そこには、ひときわ大きないすがあり、「裁判官」という札がのせられていた。

「あんなところに座るの？」

アキはサキにたずねた。

「そうです。なにしろ、裁判官ですからね。」

サキはにんまり笑った。

アキは席についた。そして、みんながそろったのを見て、

「カンカーン！」

と、ベルを鳴らした。さっきまでさわがしかった空間が、しーんとしずまりかえり、一気にきんちょう感に包まれた。

「で、では、天使組側から言い分をどうぞ。」

アキがそう言うと、天使組の王が立ち上がった。

「私は親切に手紙を書いたのに、あの返事はなにごとだ！　私たちには何の非もない。あちらが悪いのだ！」

裁判官

すかさず、妖怪組の王が反論する。

「いや、ちがう！　あんなえらそうに書かれて、おこらないはずがないだろう！　自分の国が栄えているからって、調子にのるな！」

「なんだと！」

たちまち、両者はけんかになってしまった。アキはおこっていた。そして、思いっきり強く、

「カンカーン！」

と、ベルを打ち鳴らした。

「何をしているんですか！　さっきから聞いていると、両者、相手のいけない部分だけだして…。こんなことして、混乱はおさまるのですか!?」

そう言うと、アキは、「裁判官」と書いた札を真っ二つにやぶいた。そして言った。

「これは、どちらが正しいかを決めるんじゃないんです！　両者が心をうちあけ合い、また平和がもどるための会議です！　相手の悪口では

なく、自分の心の内を話してください。」

しばらくちんもくが続いた。再び、天使組の王が立ち上がった。

「私《わたくし》は、ただ親切な気持ちで手紙を出しただけなんだ。別におこらせるつもりなんて、なかったんだ。」

妖怪組の王も立ち上がり、ゆっくりと話し始めた。

「分かってたさ。でも……。助けてもらうのが嫌だったんだ。天使の国の王は、りっぱに国をまとめあげている。なのに妖怪の国の王は、何もできない。そう思われるのが嫌だったんだ。分かってもらえるだろうか。」

会議室は静まりかえった。次に何が起こるか、みんなが二人の王に注目している。アキは中央の裁判官席に座ったまま、（何か言わなきゃ）と思っていた。すると、

「スタッスタッスタッスタッ」

と、足音が聞こえた。アキは目を見開いた。

なんと、天使の王が妖怪の王の方へ歩いていったのだ。そして、おど

ろいている妖怪の王の目の前に来ると、無言で右手を差しのべた。妖怪の王は少しとまどいながらも、天使の王の手をとった。

やがて、天使の王はにこっと笑って、両手で固く手をにぎり、ぶん、ぶんと力をこめてふった。いつの間にか、妖怪の王の顔にも笑顔がもどっていた。会議室に大きな拍手と歓声が沸き起こった。

アキは、（良かった…）と思い、目を閉じた。そのしゅんかん、パッと光がさした。

目を開けると、部屋の中だった。時計を見ると、まだ六時半。時が止まっていたようだった。アキは、あの議論を思い出して、くすっと笑った。

（まさか、私があんなところに座れるなんてね！）

月曜日。アキは、スキップしたくなるような、晴れやかな気持ちで登校したのだった。

――あれから一年。

「ただいま～。」

アキは学校から帰ると、すぐに自分の部屋へ行き、よび出しボタンを押した。

「おそかったわね。」

「少し、おそかったですね。」

ミキとサキが出てきた。え？　何でミキがいるかって？　実はね…。あれから、天使の国、天国と、妖怪の国、妖国は、合体して、天妖国になったの。それで今は、天妖国でいっしょに住んでるから、自然によび出しを押したら、二人が出てきちゃうんだ。

「ごめーん。」

アキはそう言って、二人と手をつないだ。すると、パッと光のトンネルが現れ、三人を運んでいく。そして、天妖国が見えてきた。

今では、天国も妖国もない、平和な日々。そして、それをつくりあげているのは……。

「女王がお帰りになったぞ！」

アキは、ごうかなはおりを着、またまたごうかないすに座る。

「今日はどうですか？」

アキがみんなにたずねた。

「えぇ。とても平和な一日でございますよ。女王様。」

天妖国の王が答える。

「平和がいちばん！」

そう言って、にっこりするアキ。

でも、のんびりしてはいられない。いそいで人間界にもどらないと。

だって、塾や学校の宿題がたくさんあるんだもん。

完

みなさん。空想の世界はいかがでしたか？　楽しんでいただけたでしょうか。

今、私は本を出版できたことをとてもうれしく思っています。

物語を書きはじめたころ、それを本にすることなんて全く考えていませんでした。なぜなら、小さいころから空想しながら物語を書く事自体が私の楽しみだったからです。読者といえば、物語が書けたところまで読み聞かせて、続きを楽しみに待ってくれる家族で十分でした。でも、物語を書き終わって読み聞かせも終了すると、なぜか他のだれかに読んでもらいたいという思いがわき上がってきました。

その思いを受けとめてくれたのが、高知新聞社こども編集部記者の野村さんでした。野村さんは、「チキとてっぺいのぼうけん」をじっくりと読んで、最後のシーンがとってても好きです、と感想を言ってくれました。そして、次の物語もぜひ読んでみたい、と言ってくれたのです。その時、私は物語を楽しんでくれる読者がいることって、書くことと同じくらい楽しい気持ちになることが分かりました。なので、「トリプル・ワールド」が完成した時は、真っ先に野村さんに読んでもらいました。そして、出版社を紹介してもらい、本作りが始まりました。

本作りは、推こう作業が大変でした。でも南の風社の細迫さんに、どんな有名な作家だって、この作業をしながら本作りをしているんだ、とはげまされて何とか今の形に仕上がりました。

改めて、野村さんを始め、この本を出版するにあたってお世話になったすべての人々に感謝したいと思います。ありがとうございました。

そして、私が生まれてからずっとかたわらにいて、私の空想のお供をしてくれている愛犬ムク、ありがとう。これからもよろしくね。

著者：岡本優子 Okamoto Yuko

2003年11月高知市生まれ。旭東小学校在学。
好きなこと：お菓子作り、本を読むこと。
小さいころから本が好きで、自分でも五歳の時に、
クレヨンで、「かわいそうなねこ」という物語を書いた。

チキとてっぺいのぼうけん

発行日：2015年11月25日

著　者：岡本優子
発　行：(株)南の風社
〒780-8040 高知市神田東赤坂2607-72
Tel：088-834-1488
Fax：088-834-5783
E-mail:edit@minaminokaze.co.jp
http://www.minaminokaze.co.jp